FROGGY JUEGA AL FÚTBOL

FROGGY JUEGA AL FÚTBOL

por JONATHAN LONDON
ilustrado por FRANK REMKIEWICZ

traducido por Susana Pasternac

SCHOLASTIC INC.

New York Toronto London Auckland Sydney
Mexico City New Delhi Hong Kong

Al equipo de Los Fabulosos: Sean, Max, Matthew, Travis, B.J., Joseph, Jeff, Rickey, Juan, Goose, Marcos, Dave, Kyler, Bobby y su entrenadora, Jacqueline Keywood Hammerman.
—J. L.

A José, Kyle y Anna, todos ellos campeones.
—F. R.

ISBN 0-439-24321-1

Text copyright © 1999 by Jonathan London.
Illustrations copyright © 1999 by Frank Remkiewicz.
Spanish translation copyright © 2000 by Scholastic Inc. All rights reserved.
Published by Scholastic Inc., 555 Broadway, New York, NY 10012, by arrangement with Viking Children's Books, a division of Penguin Putnam Inc. SCHOLASTIC and associated logos are trademarks and/or registered trademarks of Scholastic Inc.

12 11 10 9 8   8 9/0

Printed in the U.S.A.   08

First Scholastic Spanish printing, November 2000
Set in Kabel

Froggy no podía dormir.
Miraba por la ventana.
La luna llena subía por el cielo
y parecía una pelota de fútbol.
—¡Mañana es el día del gran partido! —
dijo en voz alta—.
¡Si vencemos a Los Feroces
ganaremos la Copa de la Ciudad!

Por la mañana,
Froggy no podía más de la impaciencia.
Se subió los calzoncillos —¡zap!

Se puso los pantalones de fútbol —
¡zip!
Se abrochó las tobilleras —¡snap!

Se puso la camiseta de fútbol —¡slim!
Se subió los calcetines —¡zop!

Y se calzó las zapatillas —
¡zup! ¡zup!

¡FRROOGGYY!

Lo llamó su papá.
El papá de Froggy era
el entrenador asistente.

—¿Qué-é-é-é-é-é?
—¡Vamos! ¡Llegaremos tarde al partido!
Froggy salió dando saltos —¡plaf plaf plaf!

—Recuerda —dijo el papá de Froggy—,
sólo el portero puede atrapar la pelota
y ¡tú no eres el portero!

—Repite ahora conmigo:
   "¡Con la cabeza!
   ¡Con el pie!
   ¡Con la rodilla!
   ¡Pégale!
¡PERO NUNCA CON LAS MANOS!"

Y Froggy canturreó:
"¡Con la cabeza!

¡Con el pie!

¡Con la rodilla! ¡Pégale!
¡PERO NUNCA CON LAS MANOS!…"
todo el camino hasta la cancha de fútbol.

En la cancha de fútbol, la entrenadora,
la mamá de Max, dijo:

—Somos un equipo.
¡Somos Los Fabulosos!
—¡Hurra! —gritó el equipo
de Los Fabulosos.

En ese momento empezó el partido.
Froggy se puso a dar volteretas.

Froggy se puso a
recoger margaritas.

Froggy se puso a hurgarse la nariz.

La pelota rebotó en su pecho.
Le dio una tremenda patada...

pero se le escapó la pelota.

Max la atrapó y se la pasó a B.J. la lanzó
directa a la portería y... ¡gol!

¡Uno a cero para Los Fabulosos!

Sonó el silbato. De nuevo los dos equipos se enfrentaron.
Los Fabulosos atacaron corriendo por la cancha hacia Los Feroces.
Froggy se estaba atando las zapatillas.

El papá de Froggy gritaba: —¡Defensa! ¡Defensa!
La pelota le pegó en la cabeza a Froggy —¡pum! —
y lo tiró al suelo.
Era un gran defensa.

Para el medio tiempo,
el equipo Los Fabulosos llevaba la delantera.
—Recuerden…. —dijo el papá de Froggy.
Y todos dijeron en coro:
      "¡Con la cabeza!
      ¡Con el pie!
      ¡Con la rodilla!
      ¡Pégale!
¡PERO NUNCA CON LAS MANOS!"

Sonó el silbato y comenzó el
segundo tiempo.
Una mosca daba vueltas por ahí.

¡FRROOGGYY!

llamó la entrenadora.
—**¿Qué-é-é-é-é-é?**
—Cuidado con el...
¡Paf! La pelota le dio
justo en el ojo.

Ahora, Froggy estaba muy enojado.
Los Feroces lanzaron una estampida.
Y Matthew, el portero de Los Fabulosos,
perseguía la pelota.
La portería se quedó sin guardián.
¡Era la oportunidad esperada por Froggy!
Pasó de un salto sobre Travis.
Pasó de un salto sobre Matthew.

Llegó saltando hasta el delantero de Los Feroces
que estaba por patear la pelota...

...¡y qué atajada!
Froggy atrapó la pelota justo antes de la red.
Pero, ay, ay, ay—
¡lo había hecho con las manos!

—¡Uyyy! —dijo Froggy,
con la cara más colorada que verde.
Se veía tan tonto que el equipo de Los Fabulosos se reía a carcajadas.
Pero, no por mucho tiempo.

La sanción por usar las manos era un tiro libre
a la portería a favor de Los Feroces.
El delantero estrella de Los Feroces pateó...
y marcó. ¡Ahora estaban empatados!

Pero todavía no había terminado el partido.
Quedaba un minuto de juego.
La multitud gritaba enloquecida.
El reloj marcaba los segundos.
La pelota iba directa hacia Froggy.

¡FRROOGGYY!

—gritó su papá.
—¿Qué-é-é-é-é?
Pero Froggy sabía lo que había que hacer.

Se cruzó las manos bajo los brazos.

Se las metió en los bolsillos.

Se las puso en la boca.

Entonces, dio una patada tan
fuerte que la pelota cruzó la cancha
y rebotó sobre la cabeza del portero...

y golpeó contra la red.
¡SÍ!

¡El equipo de Los Fabulosos había ganado
la Copa de la Ciudad!
Gritaron y bailaron.
Y Froggy canturreó:

"¡Con la cabeza!
¡Con el pie!
¡Con la rodilla!
¡Pégale!
¡PERO NUNCA CON LAS MANOS!"

¡Salvo para chocar los cinco! —¡clap clap clap!